내 마음
봄날 되어

김문한 시집

초판 발행 2014년 6월 4일
지은이 김문한

펴낸이 안창현 **펴낸곳** 코드미디어
북 디자인 Micky Ahn **교정 교열** 최윤성

등록 2001년 3월 7일
등록번호 제 25100-2001-5호
주소 서울시 은평구 갈현1동 419-19 1층
전화 02-6326-1402 **팩스** 02-388-1302
전자우편 codmedia@codmedia.com

ISBN 978-89-94178-94-3 03810

정가 10,000원

내 마음 봄날 되어

김문한

하나님은 기쁨을 주실 때 직접적으로 주지 않으시고 간 접적으로 주신다고 하였는데, 나에게는 늦게나마 시를 통하 여 삶의 기쁨을 주시는 것 같습니다. 시를 공부하다 보니 지 난날 삶의 여정에서, 나는 하나님과 자연과 사람으로부터 과분한 사랑을 받으며 살아왔다는 것을 깨닫게 되었습니다. 그리고 시는 나의 위로가 되고, 시는 나에게 간절한 기도가 된다는 것도 알게 되었습니다.

지난날 집과 학교가 삶의 전부라고 생각했던 이 바보는 늦게 세상에 눈을 떴습니다. 꿈을 실현하기에는 너무 벅찬 가난으로 젊은 날에는 자학과 열등감의 늪에 빠져 수도 없 이 울었습니다. 이 증오를 극복하려는 집념이 실의와 좌절 로 휘청거리는 나를 건져냈는지 모릅니다.

무엇보다도 넘어질 듯하면서도 넘어지지 않은 것은 나를 재촉하시는 하나님의 은혜가 있었기 때문입니다. 이 은혜에

보답하는 길은 겸허하게 사는 것이라고 생각했습니다. 그리하여 나무에서 잎과 같은 사람이 되려고 했습니다. 잎은 보기에 그저 그렇지만 나무의 줄기와 가지를 키우고, 꽃을 피우고, 열매 맺게 하는 일을 하며, 가을에는 곱게 물들어 마지막까지 나무를 위해 희생적인 일을 하기 때문입니다.

나의 배경이 이러하다 보니 시의 내용도 알게 모르게 자전적인 울림으로 재생된 것 같습니다. 다만 시를 쓰면서 물들어 떨어지는 낙엽 속에 다시 태어나는 고운 세상이 보일 때마다 마음이 편안해지고 아름다워짐을 느꼈습니다. 나의 시가 한 사람일지라도 삶의 위로가 된다면 더할나위없는 기쁨이 되겠습니다.

2014년 6월 어느날 김문한

contents

시인의 말 · 4

작품 해설 | 지연희 · 121
땀 흘려 혼신을 다한 성과를 나누는 나무 그늘의 미학

01

들꽃의 노래

안개 · 12

나의 길 · 14

나무의 몸살 · 16

이름 없는 꽃 · 18

우물 · 20

사랑의 꽃 피어났으면 · 21

그늘이 되고 싶다 · 22

내일 · 23

들꽃의 노래 · 25

자화상 · 26

책가방 · 28

강아지에게 말하다 · 30

산수유 · 31

말없이 말을 한다 · 33

겨울나무 · 35

고독을 친구로 삼다 · 36

군자란 · 37

선구자의 길 · 38

내 삶의 마침표 · 39

02

당신의 정원

시인 · 42

팽이 인생 · 43

나무 · 44

가로수 · 46

당신의 정원 · 48

새해 아침 · 49

봄 오는 소리 · 51

거울 속 아버지 · 53

이제 나는 · 54

저녁노을 · 55

지게꾼 아저씨 · 56

파도 · 57

아파트 경비원 · 58

뜨락의 봄 · 59

그 여자 · 61

어느 날의 가을 · 63

동창회 · 64

친구와 헤어지던 날 · 65

가을이 가네 · 66

contents

03

차라리 바람 되어

아침 바다 · 68

구두의 꿈 · 69

가을의 묵상 · 70

아내의 기도 · 72

어머니 · 73

삭은 못 · 75

아침밥 · 76

어머니와 거지 · 77

아내의 별 · 78

어항 속 금붕어 · 79

꽃잎의 소원 · 80

까치집 · 81

내 잘못이지 · 83

차라리 바람 되어 · 84

그 날의 가을 햇살 · 85

못 · 86

흐르는 강물 · 87

떨어지는 목련꽃 · 89

그림자야 이제 우리 헤어지자 · 90

04

구름의 변명

소금 · 94

아침 · 95

그 곳에서 만납시다 · 97

구름의 변명 · 98

마음을 비우자 · 99

호수 · 100

잡초의 꿈 · 102

낙엽 · 103

낡은 의자 · 105

어머니의 부엌 · 106

고구마 굽는 사람 · 108

천막 속 엄마의 비명 · 109

코스모스 · 110

한 많은 두만강 · 111

타향에 핀 민들레 · 113

친구 생각 · 114

고개 숙인 들국화 · 115

멋진 노인이 되자 · 116

잠 못 자던 밤 · 118

01

들꽃의 노래

안개

안개 자욱한 세상
길 찾아 나섰다

이렇게 생각하면
이 길이 옳은 것 같고
저렇게 생각하면
저 길이 옳은 것 같아
안개에게 물어보았다

대답 없고
잡으려 해도 잡히지 않는
안개

안개 속에 가는 사람
안개 속에 오는 사람
바삐들 오고가는데
어찌하여 나는 망설이는지

돌아갈까 고민하다가
조심조심 여기까지 왔지만

가슴 두근거리며 걸어온 길
손끝으로 짚어보는데
안개가 걷혀야 알 것 같다

나의 길

조롱하는 소리
유혹하는 소리 못 들은 체
등대가 되어야 한다고 다짐하면서
좋은 열매 맺기를 기원하였다

돌부리에 걸려 넘어지면
오뚝이처럼 다시 일어나
고독한 언덕길 걸을 때
나무에 걸려있는 조각달 바라보고
가리어진 꿈에 울적하기도

내 삶은 버려야 한다기에
삶을 버렸고
사랑은 주어야 한다기에
욕심을 버리고
오직 뜨거운 가슴 안고
씨 뿌리며 걸어온 길

세월이 훌쩍 자라
발자취 어둠 속에 사라지고

그리움 쌓인 가슴에
반짝이는 별들의 합창 소리
은은하게 들린다

나무의 몸살

살아야 한다는 일념으로
찬바람에 버티며
근근이 삶을 유지했다

환절기일수록
조심해야 한다고 했는데
기어이 감기에 걸리어
온몸이 으스스 춥고
뼈 속까지 후비는 통증으로
이대로 사라지는 것이 아닌지
낙심이 되었다

지금까지
참고 견디어 왔는데
이렇게 끝날 수 없다고
몸부림치는 삶의 절규에
봄비가 사랑이 되어
얼어붙은 몸 녹여주고
지긋지긋한 감기 물리쳐 주었다

이제는

부활의 메시지로 새순을 띄워

포기할 수 없었던

삶의 징표를

보여야 한다

이름 없는 꽃

길가에 피어있는
이름 없는 꽃
장미꽃 백합꽃에 못지않은데

사람마다
뿌리도 모르고
이름도 모르겠다고
정도 주지 않고 지나갑니다

마음이 아프고
외로운 서러움에
조상을 원망했지만

솔솔 부는 바람과
말동무 되어주는 별들이
사연이란 누구에게도 있는 것이라고
시린 마음 달래어 주었습니다

이 세상에
흠이 없는 꽃은 없으며

눈물 없는 꽃도 없다는 생각에
태어난 그대로
나그네 고독 달래는
이름 없는 꽃 되려고 했습니다

우물

캄캄한 인생길
우물이 된 것을 원망했으나

물 길으러 오는
사람들의 소리 들리면
가슴 두근거리고
두레박 내려올 때마다
곱게 간직했던 몸
송두리째 맡겼으며

베풀고 나누어 주는 것이
기쁘고 자랑스러웠다

이 얼마나 멋진 일이냐
퍼내고 퍼내도 마르지 않고
마시고 마셔도 고이기만 하는
생수가 솟아나는 우물이 되자

사랑의 꽃 피어났으면

내가 짊어질 무거운 짐
감당하기 어려워 버리려고 했으나

버리려고 하면 할수록
더욱 악착같이 등에 붙어
나를 비틀거리게 했다

미움도 사랑인가
나를 괴롭히던 그와 정이 들어
지금은 버리려 해도
버릴 수 없는 친구가 되었으니

흘린 땀 발자국마다
사랑의 꽃 피어났으면

그늘이 되고 싶다

여름날
더위에 지친 사람들이
쉬었다 갈 수 있는
시원한 그늘이 되고 싶다

아직은 뜻하는 만큼의
그늘이 아니지만
더 크게 자라고
더 든든하게 되어
많은 사람이 쉬었다 갈 수 있는
큰 그늘이 되고 싶다

한숨과 함께
흐르는 강물에 삶을 씻는
삶에 지친 영혼들과
꿈과 소망을 찾아
무거운 짐 지고 가는 이들이
마음 놓고 쉬었다 갈 수 있는
자비로운 그늘이 되고 싶다

내일

무지개가
잡힐 듯하면서도
잡히지 않았다

조금만 더 가면
조금만 더 참으면
잡을 수 있다는
꿈 버릴 수 없었다

그러나 바라던 내일은
오늘이 되고
이 고비만 넘기면
잡을 수 있을 것 같았는데
또 내일을 기다려야만 했다

이렇게 속고 속으면서도
미련 버릴 수 없어
내일을 기다렸지만
달이 가고 해가 간
수많은 발자국엔
아쉬움만 쌓이고

이제는 나를 유혹하던

무지개도 희미해져

내일 기다리는 가슴엔

허전한 그림자 어른거린다

들꽃의 노래

몰라본다고
서운하게 생각하지 말자
뿌리도 모르고
이름도 모르겠다고
그냥 지나치는 사람을
원망하지 말자
사실 감탄할 만한
화려한 꽃은 아니다
음지에 서있는 소나무를 보라
자기가 선 자리 탓하지 않고
늘 푸르게 자라고 있다
비록 들에 피었지만
파란 하늘 아래 해님이 반겨주고
산들바람이 간질이며
때론 나그네 발 멈추고
이 꽃 예쁘다
향기도 좋다고 말할 때는
기뻐
콧노래 절로 나온다

자화상

등산장비 없이
높은 산 오르려던 젊은 날
미끄러지고 넘어져
지울 수 없는 상처
몸과 마음에 흉터로 남아있다

가난과 설움의 이삭을
바구니에 주어 담고
세월의 여정에서 주춤거리며
한숨과 눈물의 고독한 비탈길
하늘을 친구 삼아 걸었다

못난 삶 축복해주고 싶어
부끄럼 무릅쓰고
안간힘 다하여 꼭지에 오르니
어느새 가을이 되어
어두운 그림자 다가오고 있다

지나간 시간들은
삭은 못이 되어 안개 속에 사라지고

밀물처럼 다가오는 향수 속에
꿈 많던 발자취 아롱거린다

책가방

책가방 속에
그 날 강의에 필요한 책과 노트와
나를 집어넣고 지하철을 탄다
많은 사람으로 시달릴 때는
선반에 책가방을 놓는다
손때 묻고 허름해 도적맞을 염려도 없다
책가방 속에 있으니
초라한 모습 보이지 않고
조롱하는 소리 들리지 않아 좋다
세상이 보이지 않으니
무엇을 먹을까, 무엇을 입을까
염려하지 않아도 된다
나른한 봄 깜빡 졸다 어머니를 만났다
새 울고 꽃 핀 맑은 시냇물 흐르는 들판으로
나를 인도하는 어머님은 예나 다름없이
다정하고 사랑스러웠다
강의 마치고 하루 일과 끝나면
나는 나를 책가방 속에 집어넣고 퇴근한다
가다가 선술집에 들려
세상 시름 삭이다 늦게 집에 오면

아내가 자지도 않고 기다리다
책가방을 받아 들고
글썽이며 나를 맞이한다

강아지에게 말하다

사랑해야 할 사람이 많이 있는데
세상살이가 버겁게 느껴지고
남에게 주고 싶은 것이 많은데
가진 것이 아무것도 없다고 생각될 때
무조건 나를 반기는
집 강아지를 껴안고 구차한 말을 한다
강아지는 내 말을 듣고 있을 뿐
아무 말도 하지 않는다
내가 가진 책과 컴퓨터를
전부 너에게 주고 싶어질 때
내가 이룩한 것이 미미하고
땀 흘려 거둔 열매가 시원치 않아
더 이상 노력하고 싶지 않고
더 이상 사람 노릇을
하고 싶지 않다고 느껴질 때
나는 강아지를 껴안고 운다
강아지는 말없이 나를 쳐다보고
꼬리만 흔든다

산수유

노오란 꽃
봄의 신부되고

잎이 무성한 가지에
파란 열매 맺었다

매미 울던 여름 지나
단풍 들어 낙엽
이파리 하나 없는 가지에
붉은 열매들

앙상한 은행나무 가지 쓸쓸한 날
가지마다 매달린 알알이 열매
찬 이슬에 더욱 붉게 여물고
봄날의 노란 환희를
늦가을 사랑으로 머금고 있다

엄동설한 다가오는데
여문 삶의 모습 당당히 짓고 있는 산수유
침몰하는 '타이타닉'호 선상에서

초연히 '어메이징 그레이스'를 연주하던

음악가 생각난다

말없이 말을 한다

길가에 있는 저 벚나무
일 년 내내 말없이 말을 한다

꽃 피워 봄
연녹색 잎 초여름
진녹색 잎 여름이라 하고
그늘이 되어
매미에 불러라
사람에게 쉬었다 가라 한다
물든 낙엽되어
작별인사 하고
벌거벗어 떨면서도
괜찮다고 한다

이 세상에 말만 잘하고 힘든 일 피해가는
염치없는 사람 얼마나 많은가
이 세상에 말만 잘하고 모르는 척하는
옹졸한 사람 얼마나 많은가

말없이 말을 하고
말없이 실천하고 책임을 다하는
저 벚나무

겨울나무

푸르던 옷 물들고
한잎 두잎 다 떨어지니
가시만 남은 너의 몸 가련하다

찬바람 휘몰아치는 날
아무것도 걸치지 않은 너는
자식을 위해 모든 것을 바친
어머니와 같구나

더 큰 내일을 위해
잎과 꽃과 열매 다 버리고
뼛속까지 파고드는 추위
찾는 이 없는 고독
하늘 우러러 기도하며

버림과 비움이
나무를 나무답게 한다는
간절한 소망 간직하고
온갖 풍상 이겨내며
봄을 기다리는 겨울나무여

고독을 친구로 삼다

마음 괴롭히는
고독을 떨치려고
파란 하늘 푸른 산이 있는
호숫가에 갔다

감쪽같이 살아진 고독
콧노래 부르며 집에 오니
그가 먼저 빈방에 와 있었다

버리려 해도 버릴 수 없어
불안하고 초조한데
등대지기 생각
고독을 벗으로 삼으라 한다

책을 볼 때 그는
밤새도록 내 곁에서
친구가 되어 주었고
무엇인가 하려고 고심할 때
언제나 한결같이
옆에서 나를 지켜주었다

군자란

베란다에
란이라고도 하고 아니라고 하는
군자란이 있었다

지난겨울은 유난히 추워
내일 아침 영하 십오 도가 된다는
방송이 있었는데 화분을
실내에 옮겨 놓지 않았다

삼월의 어느 날 아침
추위 이겨낸 잎 사이에
신선한 하나의 꽃대 솟아올랐고
거기에 여러 개의 주황색 꽃
왕관처럼 피어 있었다

싸늘한 베란다에서
푸대접 받으면서
소리 없이 꽃을 피워 봄을 알리는
너는 글자 그대로 군자요
군자란이다

선구자의 길

남이 가지 않은
길 없는 길 찾아 나섰다
조롱하는 소리
삐딱한 바람소리 개의치 않았으며
신발 끈 졸라매고
모두가 외면하는 길
홀로 걸어갔다
꽃 피었다고 멈추거나
낙엽 진다고 슬퍼하지 않았고
돌에 차이고
가시에 찔리며
친구 하나 없는 까만 밤
막막한 들판에
남이 갈 수 있게 길 내려
선구자는
오늘도 남이 가지 않는 길
가고 있다

내 삶의 마침표

붓을 휘둘러
화폭 가득히 그린 삶

안개 속에서 허둥대던 날
주저하다 지쳐버린 날들의
부끄러운 어두운 그림

빛을 찾아
두려움 물리치고
진주가 되는 고통을 참으며
선을 행하기도
때로는 어시스트가
때로는 대들보가 되기도 하며
나무를 푸르게 하고
강물도 맑게 흐르게
화폭을 채워 나갔다

아직도
그려 넣고 싶은 그림이 많은데
어느덧 어둠이 다가오고 있으니
마침표를 찍어야 한다

가슴 조이며
무에서 유를 찾아 애쓰던
내 삶의 흔적에 땀으로 얼룩진
발자국 하나

02

당신의 정원

시인

시를 쓴다는 것은
목수가 나무를 깎아내듯
영혼의 뼈를 깎아내는 것이다
어머니 젖을 먹던 그 때부터
오늘까지 걸어온 발자취에는
흘러간 말이 많아
꽃의 말도 들을 수 있을 것 같은데
들리는 듯 들리지 않으니
얼마나 영혼의 뼈를 더 깎아야
시다운 시가 될는지
언제 낙엽이 될지 모르지만
시가 좋아 시가 쓰고 싶어
풋내기 시인은
오늘 밤도 첩첩산중에서
막힌 머리 두드리며
시어의 짝 맞추고 있다

팽이 인생

소나무 말뚝 다듬어
만든 팽이
때리면 잘 돌았다

어지럼증으로 비실거릴 때는
더 후려쳐야 했다

빙판에서는
살살 때려도 잘 돌고
중심이 잡히면
오랫동안 돌았다

세월이 지나자
팽이 끝 무뎌지고
도는 것도 힘겨워 보이는데

팽이채에
삶을 구걸하던 팽이 인생
그간의 희로애락
눈물겹지만 아름다운
추억으로 남기고 싶다

나무

혼자 살아가지만
태풍이 불면
뿌리와 몸통 하나 되어
당당히 맞서고
봄에 연두색
여름에 푸른 옷
햇빛을 받아 줄기 키우고
꽃 피워 열매 맺게 한다

정이 있어
지나가는 구름에 손 흔들며
지친 별 쉬게 하고
그늘이 되기도
새들이 이 나무 저 나무 옮겨 다녀도
시기하지 않으며
선 자리 양지든 음지든 탓하지 않고
하늘 우러러 기도하며 살아간다

기쁠 때나 슬플 때도
소리 내거나 울지 않으며

밤에도 자지 않고

때에 합당한 일 스스로 하는

때론 재목으로

몸 맡기는 희생정신

나무는 욕심 없는 성자다

가로수

산에 있는 친구들과
공원에 있는 친구들이 그리웠습니다

하필이면 왜 나는 가로수가 되어
자동차 배기가스에 숨이 막히고
이런 소리 저런 소리 다 들어야 하는지
속상하고 우울하였습니다

하늘 바라보고
손들어 기도하며 살고 싶은데
강제적으로 잘라내는
성형수술 받고 밤새워 울었습니다

무덥던 어느 여름날
지나가는 사람이 내 그늘에 쉬면서
아! 시원하다고 고마워할 때
정신이 반짝거렸고
나도 쓸모가 있는 놈이라는 생각에
눈물이 났으며

타고난 운명이 있다지만
분수를 지켜
사랑받는 가로수 되려고 했습니다

당신의 정원

세상의 먼지 속에서
이 소리 저 소리에 속이 상하고
그래도 견뎌야 한다고
밤하늘의 별을 보고 다짐하면서
달리고 또 달려 왔습니다
때로는 이것에 막히고
때로는 저것에 막히며
이리 막히고 저리 막힐 때마다
들국화 풀꽃과 어울려
향긋한 꽃 내음 가득하고
달밤에 풀벌레
하얀 달빛과 어울려 합창하는
정과 사랑 가득한
당신의 정원이 그리웠습니다

새해 아침

앞뜰 나무에는
생기 없는 몇 개의 나뭇잎이
아직도 세월의 썰물에
애잔하게 버티고

하던 일 끝내지도
쓰던 글 마무리도 못했는데
어느새 365일이 지나 새해라고
책상 위에 펼쳐진 책이 웃고 있다

늘 함께 있는 것 같은데
세월은 소리 없이 앞으로 가고
나는 제자리에 머물고 있으면서
나이테만 하나 더 늘어났다

새 씨앗을 심어야 하는 아침
어제의 아쉬움과 낮고 얕은 생각
다 흘러 보내고
풍요롭게 결실되는 한 해 되도록

새 수첩에 새해의 파아란 꿈
꼼꼼히 적어 본다

봄 오는 소리

경칩 지난 지 오랜데
음지의 눈
아직도 자리 차지하고 있지만

양지바른 들에는
봄기운 끌어안은 잔디
기지개 펴고
눈치 없는 잡풀
먼저 솟아오르고 있다

꽃샘추위 기승부려도
시르죽은 진달래 개나리
배내 웃음 짓고
버드나무 가지 눈뜨는 소리
움츠리던 겨울나무
몸치장 소리 분주한데
얼음장 깨지고
수근대며 흐르는 물소리
장단 맞춘다

세상은 생기가 고동치고
겨울 이겨낸 기쁜 소리 가득하니
이 감격을 어찌할까

거울 속 아버지

면도하려고 거울 보니
머리도 턱수염도 은회색이고
아버지 닮은 얼굴에 파도가 일고 있어
믿기지 않는다

거울은 정직하지
흘러간 세월을 탓하고 있는데

'문한'아 너의 꿈을 세워주지 못한
내가 원망스럽지
삶에 지친 피곤한 아버지가
내 어깨를 어루만지며 말씀하신다

정신을 차리고 보니
아버지는 간데없고
초라한 내 얼굴만 거울에 비친다

나를 위해 고독하셨던
아버지 생각에
면도하던 얼굴 눈물범벅이다

이제 나는

무거운 짐 지고
땀 흘려 이룩한 흔적들
이제 썰물에 흘러 보내고
새 역사는
신선한 밀물에 맡겨야지
낡은 것은 가고 새것이 오는 것이
자연의 법칙
자리를 비울 때
내가 가진 지난날의 모든 것
다 넘겨주고 싶지만
줄 것이란 눈물 흘리며
지킨 사랑뿐
이것마저 부끄러워
바람에 실려 보내고
이제 나는
별빛 찾아 떠나야 한다

저녁노을

서산에 기울어진 햇덩이는
피곤한지 불덩어리 되어
마지막 피날레로
하늘과 땅 붉게 물들이고
기어이 잠자리에 들었다

붉게 타는 서쪽 하늘을 보면
지난날의 아픈 사연 때문일까
'밀레의 만종' 속 부부와 같이
기도하지 못하고
마음이 쓸쓸해지는지

어스름한 저녁노을 너머 하늘에는
찹찹한 마음 달래주는
보름달의 미소가 떠있었다

지게꾼 아저씨

내가 사는 동네
흙담집에 사는 아저씨
저녁 해 저물어가는 초저녁
지게 뒷다리 끝에 꽁치 세 마리 매달고
발걸음 가볍게 걷는다
오랜만에 식구들
기뻐하는 얼굴이 떠오르고
등록금 내놓았을 때
내일은 학교에 갈 수 있다고 좋아하는
큰놈의 얼굴도 떠오른다
해방이 되어 일본에서 귀국했다는 아저씨
배운 것 없고 특별한 기술도 없어
호구지책으로 시작했다는 지게품팔이
어깨가 미어질 듯한 힘겨움 참고 견뎠으며
그래도 남의 신세 지지 않고
열심히 사셨다는 아저씨
막내놈 주려고 소중히 간직한
눈깔사탕 하나 나에게 주며 먹으라고 하던
마음씨 착한 아저씨
지금은 하늘나라에서 지게를 내려놓고
안식하겠지

파도

끊임없이 밀려오는
파도는 뭍이 그리워
쉼 없이 자맥질이다

얼마나 그립기에
저렇게 쉬지 않고 몸부림칠까

폭풍에 떠밀릴 때는
산더미 같은 파도가 되어
사정없이 해안에 부딪치고
하얀 거품 토하며
대성통곡한다

풍랑이 지나면
쓰리고 아픈 가슴을 안고
찬란한 아침 맞이한 파도는
여전히 뭍을 향한 일편단심의
몸부림이다

아파트 경비원

아파트 경비원이
혼자 라면을 끓이고
경비실 앞 일단정지 팻말을 보며
맛있게 먹는다
벌써 밖은 어두워 애절한 울음 울던
매미소리 끝이고
하늘에 별이 반짝이는데
별 사이 사이를 아내가 외로이 서성거린다
'나는 여기서 아파트를 지켜야 하고'
서러운 생각이 밀물처럼 밀려오는데
404호에 사는 아주머니가 수고한다며
김이 무럭무럭 나는 떡 한 덩이를 놓고 간다
밤을 새우는 경비원의 얼어붙은 마음 한쪽이
어느새 녹아내리고 있다

뜨락의 봄

얼었던 뜰
부드러운 햇빛에
얼굴 내민 예쁜 꽃

세상 구경하랴
하늘 쳐다보랴
옷매무새 자랑하랴
꽃들의 합창소리 귀엽다

꽃 이름 몰라
형광색 눈부신 것은 반딧불꽃
무리 지은 하얀 것은
은하수꽃이라 이름 지었는데
낮엔 꽃잎 열고
해가 지면 꽃잎 닫는 모습
볼수록 신기하고 예쁘다

소나무 위 까치 부부
집을 넓게 할까
단출하게 할까 집터 고르는
분주한 모습

뜨락의 봄

땅과 하늘 가득히

기쁨과 소망 선사하고 있다

그 여자

우연히 만난 그 여자, 선택은 인생이라더니 가난한 나라에서 온 나를 어떻게 알고 내 발걸음 찾아냈는지. 비록 나이는 드셨지만 단정한 몸매에 품위가 있고 온유했던 그 여자, 백인이라는 귀하신 몸 내려놓고 세상에서 떨쳤던 이름 다 버리고 보잘것없는 나를 아들과 같이 사랑하여 주신 그 여자.

사람은 하늘의 연緣으로 만난다는데 그 여자와의 만남은 분명 하늘의 뜻이었던가. 세월의 풍파로 굽은 몸 아랑곳하지 않고 손때투성이 허름한 내 숙소에 오시어 아무렇게나 팽개친 침구 정리하고 방 안 구석구석을 청소하며 선을 행하고 낙심하지 말라 언제 어디서나 덕을 베풀라고 말씀하시던 그 여자, 나를 오직 사람 되게 하시려고 애쓰시는 어머니와 같았고 하늘이 보내신 선녀와도 같았다.

내가 귀국할 때 불편한 몸 개의치 않고 승용차로 이틀이나 걸리는 먼 거리에서 공항까지 오시어 잘 가라고 내 볼에 입 맞추시고 눈물 흘리시던 그 여자, 사랑나무 한 그루 가슴속에 간직하고 언젠가는 열매 맺어 아름다운 향기를 보내려고 했는데, 귀국하여 칠 년이 지나던 어느 날 죽어 시신은 대학병원에 기증했다는 슬픈 소식에 서러워 하늘을 보고 소리치며 울었다.

황혼의 언저리에 서성거리는 이 못난이는 슬픔의 쇠사슬을 끊을 수 없어 녹슨 시간 씻어내며 오늘도 그 여자를 더듬고 있다. 진달래 핀 산등선 아지랑이 속에도 단풍잎 지는 가을 저녁노을 속에도 어느 때는 먼 하늘 바라보고 그리움의 늪에 빠져 허우적거리는 내 앞에 나타나 사랑은 받는 것이 아니라 주는 것이라고 웃으며 말씀하시는 그 여자, 눈을 감으실 때도 나를 위해 기도했을 그 여자, 생각하면 생각할수록 가슴 미어지고 생각하면 생각할수록 내 마음 적시는 그 여자…

어느 날의 가을

바람이 차가웠던 날
호숫가 언덕의 하얀 들꽃
오늘따라 슬퍼보였습니다

어제만 해도 수줍게 웃었는데
밤 사이에 내린 서리로
여기 저기 상처 나고
눈물 자욱 가득했습니다

안타까워 다가가
시든 꽃 어루만지니
멀어져가던 가을이 들에서 산에서
울어대는 소리 들렸습니다

떠나는 계절 애처로워
어찌해야 좋을지 망설이고 있는데
호수에 떨어지는 단풍잎 소리
내 마음 더욱 시리게 했습니다

동창회

가을 석양 스며든 식당에
노인들이 모여들었다
야, 너 오랜만이다
거침없이 어릴 때 쓰던 말
주고받는 것으로 보아
소학교 동창들의 모임인 것 같다
이윽고 소주잔을 채워
더 이상 늙지 말자고
'이대로'라고 크게 외치며 건배했다
잔이 오가더니 삶의 그늘이 역력한
쭈그러진 얼굴이 불그스레해지고
시끄러워지는데
점점 어두워지는 창가에 있는
벗 나무 단풍잎은
노인들의 허전한 웃음소리에
춤추며 떨어지고 있었다

친구와 헤어지던 날

사람들이 바삐 오가고
자동차는 어디론가 달려가는데
가로수는 부활을 기약하며
잎과의 이별잔치 시작하던 날

장례식장에 들러
돌아오지 못하는 친구 위해
흰 국화 한 송이 그림자 앞에 놓고

목멘 소리로
소주 한잔 같이 하자던 약속
다음엔 꼭 지켜야 한다고
울먹이며 나오는데

핏기 없는 잔디 위로
소리 없이 떨어지는 쓸쓸한 낙엽
힘없이 걸어가는
나를 자꾸만 따라오고 있었다

가을이 가네

추수가 끝난 들판에는
볏짚만이 웅크리고
허수아비 잠이 든지 오래다

해와 달과 별들이 떠난
과수원 나뭇가지에는
작별인사 못한 몇 개의 단풍잎
애잔하게 바람에 흔들리고
처마 밑에 쳐놓은 거미줄
속 빈 날벌레만 매달려 있다
갈수록 여위어가는 나뭇가지 사이로
무례한 바람 인사도 없이 지나가고
갈댓잎에 앉아 있는
고추잠자리 눈동자 수심 가득하다

가을은 기쁨 뒤에 떠나야 하는
아쉬움이 있는 계절
슬금슬금 찾아오는 고독이 싫다고
들국화 피어있는 풀 속에서
귀뚜라미 애처롭게 울고 있다

03

차라리 바람 되어

아침 바다

답답한 생각 털어 버리려고
아침 일찍 바다에 갔다
사람이 지나갔던 발자국
파도가 말끔히 지워버리고
은모래 펼쳐진 백사장 깨끗하다
흰 레이스 달려있는
남빛 치마로 덮여진 바다는
바람에 펄럭이고
바다와 하늘이 닿은 수평선 저쪽에
지금 막 해님이 알몸으로 빠져 나와
온 누리를 밝히고 있다
세상살이에 어찌 근심걱정이 없겠는가
약한 생각 다 버리고
갈등과 번민 이겨야 한다고
은모래사장을 뚜벅뚜벅 걷고 있는데
아침 바다가
푸르게 살라고 인사를 한다

구두의 꿈

명품구두는 아니지만
그렇다고 모양이 예쁜 것도 아닌데
신으면 발이 편하다고
외출할 때는 꼭 나를 신는다
내가 걷는 것은 아니고
주인의 걸음에 맞추어 같이 가지만
어머니 손을 잡고 가는
어린아이와 같이 기쁘다
주인의 걸음이 가벼울 때는
나도 경쾌하고
무겁게 걸을 때는 촉감이 무겁다
주인의 발걸음만으로도
무슨 일이 있었는지
속마음 헤아릴 수 있고
수시로 나를 손보아 주는 주인이 고마워
무거운 무게 지지하면서
걷고 걸어온 내 인생 후회스럽지 않다
밑창이 다 닳아 쓸모가 없을 때까지
주인 위한 신발 되고 싶다

가을의 묵상

가을이 오면
내 마음속 구름이 걷히어
파란 하늘과 같이 맑게 하소서

가을이 오면
그리운 사람의 목소리가
가을바람 타고 들리게 하소서

가을이 오면
멀리 떠났던 임들이
추수의 기쁨에 참여하게 하시고

가을이 오면
사랑과 기쁨이 어울리는
찬란한 시간이 되게 하소서

어쩔 수 없이
낙엽이 진다 해도
꽃 피우고 열매 맺게 한
지난날 발자취 감사하게 하시고

가을이 가고
흰 눈이 내릴지라도
내년의 신천지 꿈꾸게 하소서

아내의 기도

이른 아침에
아내가 다소곳이 앉아
오늘도 남편과 아이들 보살필 수 있도록
새날을 주시니 감사합니다
기도하고 있었습니다
백지장처럼 야윈 아내의 얼굴에는
눈물이 흐르고
저의 남편이 뜻하는 일이 이루어지도록
도와주시고 하는 목멘 소리에
나도 눈물이 났습니다
자비하신 주님!
시들어가는 아내를 불쌍히 여기사
기도에 귀 기울여 주시고
답답한 검은 구름 모두 거두어
내일도 또 내일도
새날이 되도록 인도하여 주옵소서

어머니

일하시다 달려 나온
어머니 적삼은 땀으로 흠뻑 젖어있었고
내 손 잡은 거칠어진 손에서
따뜻한 온기 온몸에 퍼질 때
가슴 미어질 것 같았다

만석꾼 맏딸이었다는데
가난한 우리 집으로 시집오시어
거침없이 호미 들어
땀 흘리는 본을 보이고
슬픔을 이겨라
희망을 만들라
그늘이 되라 가르치시는
어머니는 봄바람이었다

고향 떠나올 때
고이 간직한 쌈짓돈 쥐여주며
씩씩하게 살아야 한다
고생이 약이라고 말씀하시며
눈가에 이슬이 맺혀있었다

불러도 대답 없는
살아생전 손발이 되어주신 어머니가
주저앉고 싶을 때마다
나를 재촉하여 일으켜 세우신다

삭은 못

액자가 반듯하게
걸리지 않아
살펴보니 벽에 박힌 못이
헐거웠다

망치로 못 머리 쳐도
고정되지 않은 못
폐차장의 고물처럼 붉게 녹슬었다

생전의 아버지
세상 벽에 못을 박고
힘겹게 가족을 떠받쳤는데
철모르는 나는 졸라대기만 했으니
기력이 쇠진해가는 아버지 마음
얼마나 착잡했을까

삭은 못 빼내면서
나를 위해 세상 놓을 때까지
무게 견디려고 애쓰던 아버지
눈시울이 뜨거워진다

아침밥

식탁에
따뜻한 밥 한 그릇

김치와 먹는
소박한 아침밥이
가난한 나를
행복한 꿈나라로 이끈다

겨울 나뭇가지에
마른 잎 하나를 남겨두신
인자하신 하나님께 감사하며

기도로 시작하는
식사 시간
내 밥 비추는 아침 햇살

어머니와 거지

어머니는
거지를 손님처럼 대했으며
밥 먹고 가는 그는
몇 번이고 감사하다고 고개를 숙였다

앙상한 나뭇가지만 남은 겨울
들과 산에 눈이 쌓이고
찬바람 세차게 불던 어느 날 아침
누더기 옷을 입은 거지가
떨면서 문간에 서있었다
배고픔만큼 서러운 것은 없다고
어머니는 국을 데우고
밥을 따뜻하게 하여 밥상을 차려 대접했다

고맙다고 인사하고 떠나는
거지 뒷모습 바라보는 어머니 눈에는
소리 없이 눈물이 흐르고 있었다

아내의 별

왜 그리 바쁘기만 했는지
가는 곳마다 땀이요 눈물뿐
집을 나서기 전에 신발 끈 조여 맬 줄 몰랐고
집을 나서기 전에 신발창 닳아버린 것도 모르고
마음만 앞세워 방황하다가
당신이 없는 집으로 돌아와
당신을 찾는다
여보, 주님은 세상의 약한 것을 택하사
강한 것을 부끄럽게 하신대요
여보, 시험 걱정 괴롬 없는 이가 어디 있어요
부질없이 낙심하지 말고 기도하세요
캄캄한 안방에서
나를 위로하는 아내의 말이
가냘픈 노래 소리 되어
밤하늘 속으로 흘러가는데
나는 무엇을 위하여 헤매다 이제 돌아와
아내의 별을 찾고 있나

어항 속 금붕어

어항 속 금붕어
입을 크게 벌리고
노래 부르고 있다

남이 알아주지 않는
자기만의 노래를
쉬지 않고 부른다

왜 들으려 하지 않는가
따지지도
왜 박수 치지 않느냐
불평도 하지 않고
몸과 마음과 정성을 다하여
노래하고 있다

오직 할 수 있는 것은
이것뿐이라고
좁은 공간 오가며
노래하는 외로운 금붕어

꽃잎의 소원

고운 꽃 활짝 피워
밤에도 자지 않고
그대 기다렸습니다

그대는 보이지 않고
꽃은 나이 들어
무심한 바람 기어이 꽃잎을
땅에 떨어뜨렸습니다

실낱같은 온기로 그대의
발자국소리 들으려했으나
심술궂은 비
나를 눈물로 얼룩지게 했습니다

그리운 이여
날 안아 주세요
날 사랑한다고 말해주세요

내 가슴 그대 안고
편안히 흙으로 돌아가렵니다

까치집

집 앞 큰 소나무에
한 쌍의 까치가
나뭇가지 물고 와
집 짓기 시작했다

집이 완성되자
신접살림 꾸미더니
새끼 울음소리 들렸고
부부까치 번갈아
먹이 물고 와 새끼를 키웠다

오월의 푸르던 어느 날
까치집에서 세 마리의
새끼 까치 날개를 달고
그 후 어디론가 날아가더니
어미 까치도 보이지 않고
까치집은 빈집이 되었다

비바람에도 든든하고
환기와 채광이 잘되며

전망도 좋은 빈 보금자리에
누군가 이사 와야 할 땐데
보름달만 쉬어가는
고향에 두고 온 집 생각난다

내 잘못이지

세상 벽에 못을 박고 나를 걸어 놓아야
아름다워지는 줄 알았다
온 힘 다하여 세상 벽에 못 박고
나를 걸어놓았으나
지나가는 사람 거들떠보지 않는다
마음 아프고 화가 나서
세상 벽에서 나를 내려놓고
못도 빼려고 했다
그래도 저 못이 지금껏
나를 지탱해 주지 않았던가
저 못이 무슨 죄가 있단 말인가
세상 벽에 걸려있어야만
아름다운 것으로 생각한 내 잘못이지
밤하늘 별들이 아름다운 것은
태양이 쉬고 있기 때문이라는 것을 몰랐고
지금껏 내가 살아남은 것은
나를 불쌍히 여기신
하나님의 은혜라는 것을 모르고 있었다
어리석음을 깨달으니
비로소 세상 벽이 아름답게 보인다

차라리 바람 되어

줄기와 가지 키우고
꽃 피우고 열매 맺게 했지
낙엽 되면 무슨 일을 해야 하나
단풍 된 내가 망설이고 있다

뜬구름 되어
여기저기 떠다니며
세상 구경할까

차라리 바람 되어
외롭게 피어있는 들꽃
어루만지고
무거운 짐 진 자의
땀 식혀주고
피어나는 꽃 봉우리
쓰다듬어

얼굴 없는
부드러운 손이 되고 싶다

그 날의 가을 햇살

그날의 하늘은 더욱 푸르고
가을 햇살 고향에 가득 했다

신작로를 지나
펼쳐진 논에 눈뜨는 벼이삭
가을 해님 지휘에 따라 노래하고
산자락 아래 초가지붕에는
빨간 고추 웅성웅성 일광욕을
앞마당에 먹이 주워 먹던 닭들
강아지 심술에 놀라며

말뚝에 매어놓은 소
꼬리로 파리 쫓으며 졸고
뒷마당의 감나무 주먹만 한 감들이
뜨겁게 물들고 있었다

나를 사랑하시던
빛바랜 사진 속의 할머니
오늘은 유난히 햇살이 따사롭다고
말씀하신다

못

오늘도 교회에
아내와 같이 갔습니다
교회에 들어서자
앞 강단 벽에 걸려있는
십자가 눈에 띄었습니다
십자가에는 두 손과 발목에 못 박혀
고개 숙이고 고통스러워하는
예수님이 보였습니다
사랑하던 열두제자의 모습은
아무도 보이지 않았습니다
다 이루었다고 마지막 말씀 남기시고
하늘에 오르신 예수님의
희생적인 사랑
나도 모르게 눈물이 났습니다
여린 나의 가슴에
아내가 눈치채지 못하는
수많은 못이 박혀 있기에
더욱 서러웠는지 모릅니다
오늘은 기도하면서
아픈 못 서러운 못 하나라도
빼려고 했습니다

흐르는 강물

파인 곳, 막힌 곳
여울목 휘돌목 헤치고
짐승들 물
물고기 놀이터, 메마른 땅 적시며
앞으로 흘러간다

산들아 구름들아
오늘의 나는 어제의 내가 아니지만
흐르는 강물은 변함없으니
언제라도 찾아와 놀다가렴

예기치 않은 폭우로
물이 흐리고 넘치기도
내가 그리던 마을 지날 때
그대를 만나지 못하고 떠나야 하는
마음 아픈 일도 있고
봄 여름 가을 겨울 지나면서
삶의 파편들로 가슴 저릴 때도 있지만
가슴에 간직한 사랑
어찌 버릴 수 있겠는가

젊음, 아름다움이 떠난다 해도
꿈만은 소중히 간직하고
영원히 흐르는 강물 되고 싶다

떨어지는 목련꽃

봄에 먼저 핀
순결한 꽃
하늘과 땅 훤하게 밝히더니

무슨 일로
서둘러 낙화하는지
너에게도 고독한 사연 있었구나

노도같이 밀려오는
적군의 포로가 되기 싫어
옷고름도 제대로 여미지 못하고
우윳빛 젖가슴 드러낸 채
낙화암에서 뛰어내린
삼천궁녀의 혼인가

바람이 불 때마다 소리 없이
목련꽃나무 밑에 떨어지는
삼천궁녀의 고무신짝
봄날 같았던
아내의 맨발 생각난다

그림자야 이제 우리 헤어지자

그림자야
평생 호위병이 되어
나를 지켜주어 고맙다
해가 뒤에서 비추면
내 앞에 서서 먼저 길을 내고
해가 앞에서 비추면
앞이 잘 보이도록
뒤쪽을 지켜주던 재치 넘쳤지
보고도 못 본 체
들어도 못 들은 척 입이 무거웠지만
무정한 나의 언행에
서럽다는 말조차 하지 않았다
내가 어찌 너의 충성심을 모르겠니
바빼 살다보니 사람 노릇을 못했구나
어느덧 날이 저물어 어둠이 다가오니
사랑하는 그림자야
이제 우리 헤어질 때가 된 것 같다
뒤 돌아보지 말고 가라
사람의 눈치 보지 않아도 되는
별들이 속삭이는 곳으로 가서

이 별 저 별 날아다니는
자유로운 그림자가 되어라

04

구름의 변명

소금

염전으로
바닷물이 갇힐 때
바다와 영영 이별이라고
얼마나 슬퍼하고 울었을까

슬픔도 소화하면
꿈이 되고 울음도 되씹으면
힘이 된다고
땡볕에 탈수되는 고통을 참아
마침내 소금이 되었다

향기도 없고
모양새도 없어 고독해 보이지만
조상은 망망대해였다는
자부심 늘 간직하고
음식 맛을 내고
부패를 방지하는 일

살아서 죽고 죽어서 사는
바다를 감춘 희생의 천사

아침

어둠을 뚫고
온 누리 비추는 하얀 햇살이
꿈속에서 헤매던 나를 깨운다

창문을 여니
싱그러운 아침공기가
몸과 마음 거뜬하게 하고
아침이슬로 세수한
초목과 꽃들이
해님 맞을 준비하고 있다

부지런한 까치는
앞뜰 소나무에서 아침인사하고
구름 한 점 없는 파란 하늘을 보니
왠지 모르게 좋은 하루 될 것 같다

졸린 눈으로 세상을 보지 말자
아침 맑은 공기로
쌓인 먼지 씻어내고
풍어豊漁 기원하는 어부처럼

아침 문을 열고
힘차게 세상바다로 나가자

그 곳에서 만납시다

나무 잎 푸르고
고운 꽃 만발한 오월에
흰 구름 타고 떠난 그대여
운명으로 생각하기에
너무나도 아쉽고 허무합니다
꽃은 다시 피고
강남 갔던 제비는 돌아오는데
내 마음 송두리째 앗아간
그대는 왜 다시 못 오시는지
어두운 내 마음에
억수같이 비만 내립니다
나를 늘 걱정하면서
아무 말도 못하고 떠난
당신인들 마음이 편하겠어요
그리운 이여
헤어질 때 약속은 못했지만
비가 그치면 그곳에서
우리 다시 만납시다

구름의 변명

하늘에 떠있는 구름
구설수에 오르기도 하지만
때에 맞추어 소중한 일 할 줄 안다

봄에 안개비구름
농사철 비구름
겨울에 눈구름이 되고
여름철 소나기구름이 되어
더위 식히고
하늘에 무지개 띄우게 한다
파란 하늘에 수많은 섬이 되어
고향 생각나게 하고
뭉게구름 나그네를
빨간 만장挽章구름 고인을 달랜다

파란 하늘만 있다면 얼마나 허전할까
때때로 해를 가려주고 구름 모양 바꿀 때
만물은 풍요로워지고 살아나니
우주의 조화 이루는 구름
이 세상 살리시는 조물주의 일꾼이다

마음을 비우자

오늘 똥*시를 읽고
그간 부끄럽게 생각한 똥이
나를 사람답게 하는 거름이라는 것을 알았다
어느 때인가 사람이 많이 모인 곳에서
똥이 마려운 것을 참으며
의젓하게 사람 노릇을 하려고
나를 속인 적이 있다
그러나 어쩔 수 없이 몰래 빠져나와
똥을 누었더니 가을 하늘과 같이
마음이 후련해졌다
왜 똥 누는 것을 꺼리고
부끄럽게 생각했는지 정말 부끄러웠다
앞으로 똥을 더럽게 생각하지 말자
똥을 누어 몸에서 냄새가 날지라도
아무것도 가진 것이 없게 된다 할지라도
슬퍼하지 말고 서운하게 생각하지 말자
마음을 비우는 자가 진짜 풍요로운 자요
법정스님이 말한 대로
무소유가 참소유가 아닌가

---

* 정호승 시인의 '시'

호수

심산유곡에 고여 있는 맑은 물
누가 어른이고 아이인지
알 수 없으나
한데 어울린 모습
다정하고 아름답다

바람 불면 같이 흔들리고
잔잔해지면 수면에
봄, 여름, 가을 어울리는
수채화
청둥오리 찾아와
그림 지워도 화내지 않으며
물고기의 요람지
별들의 쉼터 되는
욕심 없이 베풀기만 하는 호수

풀 벌레 소리만 들리는
고요한 밤
달빛이 물 위에
잔잔한 은빛 조각들을
천년 그리움으로 달래고 있다

바람아 제발 세차게 불지 마라

호수가 추억을 더듬고 있다

잡초의 꿈

얼었던 땅에
잡초가
푸른 싹을 세상에 틔웠다

더운 여름철
시들어도 깨어나고
사람이나 자동차 지나도
금세 고개 들고
머리채 잡히고
허리 잘리는 아픔 있어도
살아남는 생명력 놀랍다

이름 물어보는 이 없고
꽃이 아니라고
푸대접 받으면서도
자연을 벗 삼아
열매 맺고 싶다는
천덕꾸러기
잡초의 꿈 눈물겹다

낙엽

고운 옷으로 갈아입은
나뭇잎이 바람에
힘없이 떨어지고 있다
멍든 것도 있고
가장자리 상처 난 것도 있다
어느 것이나
몸통 키우고 꽃 피우고
열매 맺게 했지
벌레의 공격에 시달리고
폭풍우에 견디며
일편단심 나무를 위해 봉사했다
새순 날 때의 기쁨
푸름 자랑하던 신록의 환희
매미들의 연주장이 되고
땀을 식혀주는
그늘이 되었을 때의 보람
모든 이의 마음 사로잡았던
화려한 빛깔의 단풍
평생 선한 일 하다
잊을 수 없는 추억 간직하고

미련 없이 떠나는
무소유의 낙엽아

낡은 의자

어쩌다 나의 의자가 되어
책상 앞에 쭈그리고 있다가
밤낮으로 내가 앉기만을 기다리느냐
한 번도 바깥 공기 쐬지 못하고
답답한 방안에 있으면서도
불평 한번 하지 않으니
너의 충성심 대단하다
지나간 오랜 세월
너는 늘 나를 위한 의자가 되었는데
어찌하여 나는 한 번도 너를 위한
의자가 되지 못했는지
나를 지지하느라 피곤한 너의 다리를
한 번도 씻어주지 못했고
삐걱거리는 너의 상처 고쳐주지 못한 채
바쁘기만 했지 사람 노릇을 못했다
이제 늙어 수명이 다 되어가는
너를 대할 때마다 미안하고
나만 생각한 삶 정말 미안하다

어머니의 부엌

어머니의 부엌은
레인지 싱크대 수돗물도 없는
재래식 음식공장이었다

부뚜막에는
아가리가 꺼멓게 그슬린
세 개의 무표정한 아궁이가 있었고
그 위에 거북이 등과 같은
무쇠 솥이 놓여있었다

밥을 지을 때나 국을 끓일 때
쪼그리고 앉아 불을 지폈으며
굴뚝에서 바람이 역류되면
아궁이로 불이 혓바닥을 내밀어
어머니 얼굴을 핥기도 하고
매운 연기에 눈물을 흘리기도 했다

농사철 일꾼들의
식사 준비하시는 어머니의 적삼은
땀으로 흠뻑 젖어 있었고

바쁘게 음식 만드는 부엌에는
밥 냄새, 국 냄새, 찌개 냄새
어머니의 젊음이
시들어가는 냄새가 가득했었다

고구마 굽는 사람

가로등이 졸고 있는 길 모퉁이에
방한복 입은 사람
드럼통에 장작을 넣고 불을 지피며
고구마 익기를 기다린다
달구어진 조약돌에
수시로 고구마를 뒤집어 놓는 것은
노랗게 잘 구워지게 하기 위해서다
고구마가 익기를 기다리는 동안
밤하늘을 바라보았다
집에서 기다리고 있는 아이들과
아내의 얼굴이 어른거린다
가시밭길 전전하여왔지만
언제 잘 익은 군고구마가 되는지
가슴은 검게 타들어가고 있었다
아차! 정신을 차리고
드럼통의 고구마를 확인한다
껍질은 탔을망정
노릇노릇 잘 익은 군고구마를 꺼낸다

천막 속 엄마의 비명 - 진도앞바다

설마 내 새끼는 아니겠지
발걸음은 떨리고
천막 속은 지옥이다

천막 안이 왜 이리 어두우냐
희망을 버려서는 안된다고
가느다란 희망 안고 들어가는
엄마의 가슴은 희망이다

싸늘해진 새끼를 보고
엄마는 목 놓아 운다
어느 곳에서도 들어보지 못한
지옥문에서 신을 붙잡고
애타게 원망하는 피맺힌 소리

어둠이 내리는 바다는
무심한데
엄마를 찾는 바람소리에
갑자기 천막 속이 조용해졌다

코스모스

인적이 드문
과기대* 빈터 이곳저곳
하얀 옷 빨간 옷 입은
코스모스가
수줍어 수줍어하며 피었습니다

그대를 기다리는 소녀와 같이
소박한 모습 그대로
단정한 옷차림의 코스모스가
지나가는 나에게
한들한들 인사를 합니다

푸른 가을하늘 아래
가냘픈 그 모습이
너무나도 애처로워 그대는
어디쯤 오느냐고 물으니

대답 없이 먼 하늘 바라보는
코스모스의 눈에는
이슬이 맺혀 있었습니다

---

* 과기대 : 중국 연길시에 있는 연변과학기술대학

❹ 구름의 변명

한 많은 두만강

두만강은 푸르지 않았다
노 젓는 배도 사공도 없었다
흐르는 물소리도 없는 공허한
강 저쪽이 그리운 북한 땅이다

일제日帝의 학정에서
조국의 독립을 위해서 건넜다는
뜨거운 피가 함께 흐르던 강
지금은 눈물도 말라버리고 꿈도 식어버린
건널 수 없는 강이 되었다

강을 따라 걸으니
앉아 있던 까마귀 자유로이
북한 땅 강기슭으로 날아갔으며
나무 한 포기 보이지 않는 산
가난에 찌든 마을엔 드문드문 힘없는
저녁연기 피어오르고 있다

썰렁한 도문교* 끝에 인민군 병사
서성거리고 있는데

조국을 그리워하는 동포들이

마음 놓고 강 건널 수 있는 날

언제 오려나

＊도문교 : 북한과 중국 도문을 왕래할 수 있는 두만강에 놓인 일제가 만든
다리

타향에 핀 민들레

과기대* 가는 언덕길
북풍 스쳐지나가는
우묵한 곳 고향에서 보던
민들레꽃이 피었다

아직 날씨 추워
다른 들풀 보이지 않는데
봄을 알리는 전령병 되려고
꽃대도 없이 핀 노란 민들레가
찬바람에 사르르 떨며
인사를 한다

물설고 낯선 땅에
가진 것도 내세울 것도 없이
외롭고 쓸쓸하게 피어난
너의 당찬 사명감, 생명력

사랑한다 민들레야
고개를 들고 힘을 내어 고운 홀씨
멀리멀리 날리어라

─────────
* 과기대 : 중국 연길시에 있는 연변과학기술대학

친구 생각

내 마음
깊은 곳에 자리 잡은
멋쟁이 너의 모습이
해 지는 서쪽하늘에 어른거리면
내 눈에 이슬이 맺힌다
따뜻한 커피 한잔 나누며
선구자의 길 말하던 너는
당당하고 믿음직스러웠는데
그것이 마지막 시간이 되고
이렇게 슬픔이 되리라는 것은
상상하지도 못했지
생각할수록 보고 싶은 친구야
우리가 다음에 만날 때에는
세상 근심 걱정 다 잊어버리고
하늘의 별 기울 때까지
아름다운 이야기로 웃음 나누자
나는 너의
영원한 친구가 되고 싶다
보고 싶은 친구야
밤은 점점 어두워지고
검은 파도 소리 은은하게 들린다

고개 숙인 들국화

초가을이었습니다
나는 초승달을 타고 갔으며
당신 눈 속으로 들어가
'들국화' 라고 이름을 크게 불렀습니다
세상의 모퉁이에 소리 없이 피어
찬 서리와 이슬 머금고 가을을 꾸미던
연민의 정 헤아리지 못했고
흘리는 눈물도 눈치채지 못했는데
철부지 나를 사랑하던 당신의 냄새
너무나 향기로웠습니다
오늘도 초승달 타고 당신을 찾았는데
과기대* 뜨락에 고개 숙인 들국화를 보고
나는 울고 말았습니다
아직도 초가을이어서 고추잠자리 꽃을 찾고 있는데
무엇이 그리 급해서 해탈의 꽃이 되었는지
허전한 마음속에 당신이 남긴 사랑
별이 되어 흐르고 있습니다

---

* 과기대: 중국 연길시에 있는 연변과학기술대학

멋진 노인이 되자

지붕은 벗겨지고
기둥과 서까래 햇빛 감당하기도 힘겨워
구부정하게 휘어졌다
아름답던 벽체도
비바람에 시달려 쭈그러들고
찬바람이 드나든다

몸은 세월에 녹슬어 갈망정
마음만은 따뜻해지고 싶다
세상적인 자랑
미움과 원망
부질없던 욕심 다 썰물에 흘려보내
비운 자리 생수가 되어
목마른 사람의 갈증 해소하고
비운 자리 그늘이 되어
무거운 짐 진 자 쉬어 갈 수 있게
베풀면서 관대해지자

새순 돋는 소리
신록들의 속삭임

나뭇잎 떨어지고 눈 내리는 소리 들으며
지금껏 살아온 날을 감사하고
붉게 타는 저녁노을 바라보면
시도 읊을 수 있어야지

잠 못 자던 밤

잠자리에 들어도
안과병원에서의 일이 연상되어
잠이 오지 않았다
시신경 죽어가는 녹내장이라
실명이 될 것이라는 말이
자꾸만 떠올라 불안하고 걱정이 되어
잘 수 없었다
왼쪽 눈은 망막염으로 시력을 잃었고
근근이 나를 지탱해주던 오른쪽 눈마저
보지 못하게 된다면
완전히 맹인이 되는 것이 아닌가?
아직도 하고 싶은 일이 많은데
책도 못 보게 되고 글도 못 쓰게 되다니
이 일을 어찌해야 좋단 말인가
자는 둥 마는 둥 뒤척이다가
아침이 되어 일어났다
현관문을 여니 조간신문이 놓여 있다
정원의 초목들도 싱싱하고
산도 전날처럼 푸르다
아무것도 보지 못할 것이라 생각했는데

어제와 똑같이 보이는 것이 아닌가?
하나님은
내 시력을 지켜주고 계시다
살아있는 동안은
할 일을 해야 한다고 다짐하는
두 눈에 하염없이 눈물이 흘러내렸다

땀 흘려 혼신을 다한 성과를
나누는 나무 그늘의 미학

지연희 | 시인, 수필가

땀 흘려 혼신을 다한 성과를 나누는
나무 그늘의 미학

지연희(시인, 수필가)

평생 외길의 고독한 투신으로 대학 교단에 서서 후학을 양성하시던 공학박사(건축사/건축시공기술사)한 분이 산수傘壽를 넘기고 시인으로 등단하여 새로운 삶의 길을 열어가기 시작했다. 쉽지 않은 선택이지만 부단히 연구해온 교육열의 식지 않은 열정이 남은 생의 전환점을 찍는 계기가 되지 않았을까 생각된다. '84세 대학 명예교수가 시인이 되다' 라는 사실은 젊은 이들이나 혹은 노인들이거나 생명을 지닌 모든 이들에게 던지는 가슴 뜨거운 메시지가 아닐 수 없다. "이제 어떤 일을 시작하겠어. 하던 일도 마무리 할 때야, 혹은 난 자신이 없어 능력이 안 되잖아"라고 하는 허약한 생각들을 무너뜨리는 찬란한 용단이다. 어떤 상황에 처하더라도 삶은 생명을 소유한 이가 경영해 나가는 절대한의 가치로 성장해 나간다는 것이다.

김문한 시인, 지난 35년에 이은 15년 S대학의 교수, 명예교수로 불리었다면 이제는 시인이다. 2013년 문파문학 신인상 시 부문에 당선되어 시인의 이름을 지닌 김문한 시인이 2014년 생애 첫 시집 「내 마음 봄날 되어」를 상재하게 되었다. 하루도 거름 없는 창작 혼이 피워 올린 불꽃이 언어의 옷을 입고 독자의 시선 앞에 선 것이다. 시집 속 80여 편의 시 한 편 한 편은 시인의 정신이며 시인의 분신이다. 특히 시집 표제 「내 마음은 봄날 되어」의 의미는 온 산과 들에 활짝 피어난 꽃송이들의 환한 미소를 느끼게 한다. 동토의 겨울을 지나온 생명의 씨앗처럼 지상에 올라 싹을 틔우고 꽃을 피우는 신비로운 경이를 보여준다. '왜 이제까지 이 아름다운 시문학 세계를 몰랐을까' 라고 하던 시문학 언어의 창조적 예술성에 대한 경외의 마음을 보내던 시인의 미소가 자못 행복해 보인다.

여름날
더위에 지친 사람들이
쉬었다 갈 수 있는
시원한 그늘이 되고 싶다

아직은 뜻하는 만큼의
그늘이 아니지만
더 크게 자라고
더 든든하게 되어
많은 사람이 쉬었다 갈 수 있는
큰 그늘이 되고 싶다
한숨과 함께
흐르는 강물에 삶을 씻는
삶에 지친 영혼들과
꿈과 소망을 찾아
무거운 짐 지고 가는 이들이
마음 놓고 쉬었다 갈 수 있는
자비로운 그늘이 되고 싶다

시 「그늘이 되고 싶다」 전문

등산장비 없이
높은 산 오르려던 젊은 날
미끄러지고 넘어져
지울 수 없는 상처

몸과 마음에 흉터로 남아있다

가난과 설움의 이삭을
바구니에 주워 담고
세월의 여정에서 주춤거리며
한숨과 눈물의 고독한 비탈길
하늘을 친구 삼아 걸었다

못난 삶 축복해주고 싶어
부끄럼 무릅쓰고
안간힘 다하여 꼭지에 오르니
어느새 가을이 되어
어두운 그림자 다가오고 있다

지나간 시간들은
삭은 못이 되어 안개 속에 사라지고
밀물처럼 다가오는 향수 속에
꿈 많던 발자취 아롱거린다

시 「자화상」 전문

김문한 시 정신은 마음 가난한 이들에 띄우는 헌신의 표상이다. 나를 달
구어 이웃에 배려하고 베푸는 뿌리 깊은 사랑이다. 그 사랑의 배면에는 기
독교적 신앙심이 근저를 이루고 있다. '무거운 짐 지고 가는 이들'의 짐을
십자가로 지고 가신 그리스도의 '사랑' 실천이 아닐 수 없다. 하여 시인은
'더 크게 자라고/더 든든하게 되어/많은 사람이 쉬었다 갈 수 있는/큰 그늘

이 되고 싶다'고 한다. 어쩌면 뒤늦은 시문학수업도 정신의 가난에 굶주린 사람들을 위한 희망의 메시지일 것이라는 생각이다. '한숨과 함께/흐르는 강물에 삽을 씻는/삶에 지친 영혼'들을 위한 그늘(시적 감흥=위로)이기를 기도하고 있다. 더 크게 자라고 더 든든하게 되어 많은 사람이 쉬었다 갈 수 있는 큰 그늘이기를 빌고 있다는 것이다.

시 「자화상」은 지난 삶 속에 침잠해 있는 김문한 시인의 어제와 오늘을 기억의 거울로 짚고 있다. 누구나 힘겹던 삶의 자국을 되돌아보게 되지만 시인이 밟아온 젊은 날의 고난이 김 시인의 거울 속에서도 선명한 그림으로 비춰지고 있다. '등산장비 없이/높은 산 오르려던 젊은 날/미끄러지고 넘어져/지울 수 없는 상처/몸과 마음에 흉터로 남아있다'는 것이다. 김 시인이 이토록 미끄러지고 넘어져 지울 수 없는 상처로 탈환한 정상은 S대 공학박사로서의 교수로 평생을 봉직한 일일 것이다. 그 찬란한 업적에도 불구하고 '안간힘 다하여 꼭지에 오르니/어느새 가을이 되어/어두운 그림자 다가오고 있다'는 회한이 깊다. 기실은 정상에 닿았으면서도 삭은 못이 되어 안개 속에 사라지고 남은 것은 가을 낙엽같이 떨어지는 허무라는 것이다. '지나간 시간들은/삭은 못이 되어 안개 속에 사라지고/밀물처럼 다가오는 향수 속에/꿈 많던 발자취 아롱거린다'는 허무의 아픔이다. 그러나 오늘 시인의 자화상은 이제껏 살아낸 84년 평생의 종합적인 소회일 것이며, 이제 시인으로의 새 삶으로 1년 남짓 걸어 온 내일의 자화상은 어떤 모습일지 기대하지 않을 수 없다.

> 책가방 속에
> 그 날 강의에 필요한 책과 노트와
> 나를 집어넣고 지하철을 탄다
> 많은 사람으로 시달릴 때는
> 선반에 책가방을 놓는다

손때 묻고 허름해 도적맞을 염려도 없다
책가방 속에 있으니
초라한 모습 보이지 않고
조롱하는 소리 들리지 않아 좋다
세상이 보이지 않으니
무엇을 먹을까, 무엇을 입을까
염려하지 않아도 된다
나른한 봄 깜빡 졸다 어머니를 만났다
새 울고 꽃 핀 맑은 시냇물 흐르는 들판으로
나를 인도하는 어머님은 예나 다름없이
다정하고 사랑스러웠다
강의 마치고 하루 일과 끝나면
나는 나를 책가방 속에 집어넣고 퇴근한다
가다가 선술집에 들려
세상 시름 삭이다 늦게 집에 오면
아내가 자지도 않고 기다리다
책가방을 받아 들고
글썽이며 나를 맞이한다

시 「책가방」 전문

남이 가지 않은
길 없는 길 찾아 나섰다
조롱하는 소리
삐딱한 바람소리 개의치 않았으며
신발 끈 졸라매고
모두가 외면하는 길

홀로 걸어갔다
꽃 피었다고 멈추거나
낙엽 진다고 슬퍼하지 않았고
돌에 차이고
가시에 찔리며
친구 하나 없는 까만 밤
막막한 들판에
남이 갈 수 있게 길 내려
선구자는
오늘도 남이 가지 않는 길
가고 있다

시「선구자의 길」전문

시「책가방」속에는 후학을 육성하던 고단하고 가난한 교수의 일상이 비
춰진다. 지하철 안 손때 묻은 책가방 속 강의노트와 책과 그리고 '나'를 집
어넣고 세상 의미에 연연하지 않는 자유로운 의식의 한 인물을 발견하게
된다. 그는 잠깐의 졸음으로 꿈속 어머니를 만나 모성의 깊이에 젖는다. 언
제 어디서나 절실하고, 간절하게 그립던 어머니는 지친 아들을 위로하는
손길로 다가선다. 시인의 내면에 고여 있는 겹겹의 고단함을 정화시키는
존재로 어머니는 등장하지만 이 시를 읽게 하는 핵심은 책가방의 무게이
다. 지친 삶의 무게를 안고 있는 책가방은 결국 꿈속 어머니와 귀가하여 책
가방을 받아주는 아내로부터 치유 받고 있다. '새 울고 꽃 핀 맑은 시냇물
흐르는 들판으로 나를 인도하는 어머니'와 '자지도 않고 기다리다 책가방
을 받아 들고 글썽이며 나를 맞이하는 아내'의 사랑이 고단한 정신과 육신
의 무게를 풀어내고 있다.

    김문한 시의 편편에는 '그늘' 과 '선구자'의 메시지가 낯설지 않게 개입되는데 황무지를 개간하는 개척자의 몸짓이 얼마나 외롭고 고단한 길인가를 시 「선구자의 길」 언어 속에는 암시되어 있다. '남이 가지 않은/길 없는 길 찾아 나섰다/조롱하는 소리/삐딱한 바람소리 개의치 않았으며/신발 끈 졸라매고/모두가 외면하는 길/홀로 걸어갔다'는 내용의 의도를 짚어보면 묵묵한 소신으로 지켜온 연구자의 고독한 학문의 길에 놓인 장벽을 감지하게 한다. 이처럼 시집 「내 마음 봄날되어」에 수록된 많은 시들은 자전적 삶을 바탕에 깔고 있는 흔적 잡기이다. 평생 지켜온 삶의 의미는 '가치 있는 일에 부단히 투신하는 일', '고난을 이겨내는 선구자적 의지'에 있다. 종내에는 고지를 정복한 병사들처럼 꿋꿋하게 이룩한 성과가 세상에 나누는 '그늘'이기를 묵상하고 있다.

> 붓을 휘둘러
> 화폭 가득히 그린 삶
>
> 안개 속에서 허둥대던 날
> 주저하다 지쳐버린 날들의
> 부끄러운 어두운 그림
>
> 빛을 찾아
> 두려움 물리치고
> 진주가 되는 고통을 참으며
> 선을 행하기도
> 때로는 어시스트가
> 때로는 대들보가 되기도 하며
> 나무를 푸르게 하고

강물도 맑게 흐르게
화폭을 채워 나갔다

아직도
그려 넣고 싶은 그림이 많은데
어느덧 어둠이 다가오고 있으니
마침표를 찍어야 한다

가슴 조이며
무에서 유를 찾아 애쓰던
내 삶의 흔적에 땀으로 얼룩진
발자국 하나

시 「내 삶의 마침표」 전문

소나무 말뚝 다듬어
만든 팽이
때리면 잘 돌았다

어지럼증으로 비실거릴 때는
더 후려쳐야 했다

빙판에서는
살살 때려도 잘 돌고
중심이 잡히면
오랫동안 돌았다

세월이 지나자
팽이 끝 무뎌지고
도는 것도 힘겨워 보이는데

팽이채에
삶을 구걸하던 팽이 인생
그간의 희로애락
눈물겹지만 아름다운
추억으로 남기고 싶다

시 「팽이 인생」 전문

　　만약 내가 오늘 무엇을 계획하고 무엇을 실천할 수 있는 용기가 있다면 나는 지금 가장 향기로운 몸짓으로 생명을 지닌 사람의 본분을 다하는 일이라는 정신의 소유자가 김문한 시인이다. 대한민국의 유일한 한 사람의 시인이라면 숨이 다하는 순간까지 창작의 방을 밝혀야 한다는 생각을 하고 계신 분이 김문한 시인이다. 시 「내 삶의 마침표」를 감상하면 치열하게 살아온 지난 삶 속 김 시인을 만날 수 있다. '진주가 되는 고통을 참으며/화폭을 채워 나갔다'는 회고는 최선을 다한 시인의 자화상이다. 그러나 이제 '아직도/그려 넣고 싶은 그림이 많은데/어둠이 다가오고 있으니/마침표를 찍어야 한다'는 흐르는 시간의 아쉬움을, 남은 시간의 안타까움을 '가슴 조이며/무에서 유를 찾아 애쓰던/내 삶의 흔적에 땀으로 얼룩진/발자국 하나'로 밝히며 밟아온 삶의 의미를 돌아보고 있다.

　　시 「팽이 인생」은 팽이채에 맡겨져 돌아가던 인생갈피의 희로애락을 반추하는 과정이 그려져 있다. 팽이채는 팽이라는 본채를 돌아가게 하던 정신이며 그 정신의 단호한 지시에 따라 매일을 살아가던 팽이의 쇠잔한 모습이 그려져 있다. 소나무 말뚝 다듬어서 만든 팽이는 때리면 잘 돌았지만 때로는 바쁜 삶의 어지럼증으로 비실거릴 때가 있어 더 후려쳐야 했다는 것이다. 사람의 육신은 제아무리 철옹성 같은 육신이라도 이를 움직이는 정신이 쇠락하면 논바닥에 뒹구는 썩은 짚단에 불과할 뿐이다. 육신을 관장하던 팽이채가 기력이 쇠진하여 팽이는 끝이 무뎌지고 도는 것도 힘겨워하고 있다. '빙판에서는/살살 때려도 잘 돌고/중심이 잡히면/오랫동안 돌았다'는 팽이의 시간을 인생의 흐름으로 비견하여 보여주고 있다.

가을 석양 스며든 식당에
노인들이 모여들었다
야, 너 오랜만이다
거침없이 어릴 때 쓰던 말
주고받는 것으로 보아
소학교 동창들의 모임인 것 같다
이윽고 소주잔을 채워
더 이상 늙지 말자고
'이대로'라고 크게 외치며 건배했다
잔이 오가더니 삶의 그늘이 역력한
쭈그러진 얼굴이 불그스레해지고
시끄러워지는데
점점 어두워지는 창가에 있는
벗 나무 단풍잎은
노인들의 허전한 웃음소리에
춤추며 떨어지고 있었다

시 「동창회」 전문

사람들이 바삐 오가고
자동차는 어디론가 달려가는데
가로수는 부활을 기약하며
잎과의 이별잔치 시작하던 날

장례식장에 들러
돌아오지 못하는 친구 위해
흰 국화 한 송이 그림자 앞에 놓고

목멘 소리로
소주 한잔 같이 하자던 약속
다음엔 꼭 지켜야 한다고
울먹이며 나오는데

핏기 없는 잔디 위로
소리 없이 떨어지는 쓸쓸한 낙엽
힘없이 걸어가는
나를 자꾸만 따라오고 있었다

시 「친구와 헤어지던 날」 전문

　삶을 살아가는 수많은 사람들의 몸짓을 따라가 보면 어디론가 바쁜 모습
으로 걸어가기도 하고 무엇인가를 향한 지향점을 붙들고 분주해 하는 사
람들을 만나게 된다. 그러나 불현듯 병원 자락에 조성된 공원에 앉아 파릇
한 잔디 위로 링거병이 매달린 홀대를 끌고 가는 사람과 휠체어에 앉아 보
호자의 손길에 의지하고 있는 희미한 눈동자의 환자를 떠올리게 된다. 결

국 그들을 바라보며 生과 死의 의미를 가늠하게 된다. 시「동창회」는 어린 시절 함께 수학했던 초등학교 친구들과 한자리에 만나 생명으로 남아있는 시간이 그리 길지 않은 현실을 위로하고 서로 격려하고 있는 그림이다. 화자와는 무관한 가을 석양 스며든 식당의 노인들을 바라보는 시선이 무심하지 않다. '삶의 그늘이 역력한/쭈그러진 얼굴이 불그스레해지고/시끄러워지는데/점점 어두워지는 창가에 있는/벗 나무 단풍잎은/노인들의 허전한 웃음소리에/춤추며 떨어지고 있었다'는 비유의 깊이가 만만치 않다.

돌연한 무리로부터의 이탈은 생과 사의 의미를 짓는 이별이다. 이 엄청난 별리의 충격은 시「친구와 헤어지던 날」에서 짚어내고 있다. '사람들이 바삐 오가고/자동차는 어디론가 달려가는데/가로수는 부활을 기약하며/잎과의 이별잔치 시작하던 날'의 배경을 통하여 이 시는 조락의 의미를 제시하고 있다. 가을이라는 떨어져 내림의 시간으로 구조된 언어의 흐름은 결국 내게로 다가오는 이별의 의미를 확인하는 과정이다. 어쩔 수 없이 맞이하는 유한의 생명이 짊어져야 할 생명의 매듭이다. '핏기 없는 잔디 위로/소리 없이 떨어지는 쓸쓸한 낙엽/힘없이 걸어가는/나를 자꾸만 따라오고 있었다'는 더 깊은 은유의 의미를 천착하지 않아도 나를 자꾸 따라오는 쓸쓸한 낙엽의 이별을 가슴으로 담을 수 있는 메시지이다.

지붕은 벗겨지고
기둥과 서까래 햇빛 감당하기도 힘겨워
구부정하게 휘어졌다
아름답던 벽체도
비바람에 시달려 쭈그러들고
찬바람이 드나든다

몸은 세월에 녹슬어 갈망정

마음만은 따뜻해지고 싶다

세상적인 자랑

미움과 원망

부질없던 욕심 다 썰물에 흘려보내

비운 자리 생수가 되어

목마른 사람의 갈증 해소하고

비운 자리 그늘이 되어

무거운 짐 진 자 쉬어 갈 수 있게

베풀면서 관대해지자

새순 돋는 소리

신록들의 속삭임

나뭇잎 떨어지고 눈 내리는 소리 들으며

지금껏 살아온 날을 감사하고

붉게 타는 저녁노을 바라보면

시도 읊을 수 있어야지

시 「멋진 노인이 되자」 전문

시 「멋진 노인이 되자」는 팔순을 넘긴 시인의 자존이다. 새로운 무엇에
도전하고 후세에 남기는 그늘의 의미이다. '새순 돋는 소리/신록들의 속삭
임//나뭇잎 떨어지고 눈 내리는 소리 들으며/지금껏 살아온 날을 감사하
고/붉게 타는 저녁노을 바라보면/시도 읊을 수 있어야지' 한시도 헛되이
살지 않았던 노 교수의 남은 생의 사명이 힘차게 묻어난다. 무엇을 그리워

하거나 꿈을 꾸는 일은 절망이 아니다. 무엇을 기대하게 하고 새로운 세상과의 만남과 같은 희망을 갖게 한다. 김문한 시의 뿌리에는 여전히 시간 위를 달려가는 열차의 기적소리가 들린다. 무엇을 해야 하고 무엇이 윤기 있는 나무가 되어 '그늘'을 만드는 일이다. '시도 읊을 수 있어야지'라고 하는 멋진 노인의 풍모가 보인다.

　김문한 시의 총체적 메시지는 자전적 삶의 흔적잡기라고 말할 수 있다. 평생 기울여 온 학문을 통한 성과를 후학에 베풀고, 최선을 기울인 지난 시간에 대한 감사와 아쉬움이 묻어난다. 다만 핵심적으로 김문한 시의 중심엔 '그늘'의 의미를 떼어낼 수 없다. 땀 흘려 혼신을 다한 성과를 나누고 나무 그늘이 되어 베푸는 나눔이다. 늦깎이 시인으로 등단하여 창작의 어려움을 딛고 첫 시집 「내 마음 봄날 되어」를 출간한 의미는 경이로운 일이 아닐 수 없다. 더구나 섬세한 이론의 체계를 정립해 오신 공학도로서의 평생의 삶을 뛰어넘어, 감성의 구체적 표현이라고 하는 시문학에 입문하여 기울인 열정에 박수를 드릴 수밖에 없다. 백세 시대를 예고하고 있는 이즈음 김 시인의 시 문학 세계에 보다 빛나는 문운이 깃들기를 빌며 글을 접는다.

내 마음
봄날 되어

김문한 시집